MÉRY

Paris.—Imprimé chez Jules BONAVENTURE,
quai des Grands-Augustins, 55

LE FILS
DE L'HOMME
HÉVA
LA GUERRE
DU
G. STAAL

GUSTAVE CLAUDIN

MÉRY

SA VIE INTIME

ANECDOTIQUE ET LITTÉRAIRE

Eau-forte par G. STAAL.

PARIS
LIBRAIRIE BACHELIN-DEFLORENNE
3, *Quai Malaquais*, 3.

M DCCC LXVIII

MÉRY

I

La biographie de Méry a été déjà écrite plusieurs fois par des hommes de talent qui ont rappelé les triomphes politiques et littéraires remportés par cet éminent esprit pendant le cours de sa laborieuse carrière.

Je ne reviendrai pas dans ce travail sur ce côté de la vie de Méry, qui me paraît suffisamment connu. Je préfère initier le lecteur à la partie anecdotique et intime de l'existence de ce poëte original, de cet écrivain charmant qui dépensa dans la conversation avec ses amis autant de talent et d'esprit qu'il y en a dans ses œuvres complètes.

Méry naquit en 1802, aux Aygalades, près de Marseille. Il eut pour précepteur l'abbé Carrié. Il fit d'excellentes études, et à dix-huit ans il était déjà très-fort en histoire et remarquable comme latiniste.

Il débuta dans les lettres à Marseille, et se fit connaître en peu de temps par quelques vers satiriques et par des articles publiés dans le journal *le Phocéen*. Sa verve caustique lui valut même une condamnation sévère. Il dut faire plusieurs mois de prison, pour avoir attaqué un certain abbé Eliçagaray, ardent ultramontain.

A sa sortie de prison, Méry se jeta dans l'opposition au gouvernement des Bourbons, et se fit Bonapartiste.

Il ne tarda pas à prendre son vol vers Paris, où bientôt il sut se faire dans les lettres une place d'élite.

II

Vers 1824, protégé par Alphonse Rabbe, il fut chargé par lui de travaux assez abstraits. Il s'affranchit de cette sorte de tutelle et put alors s'adonner tout entier à sa vocation.

Ce fut aussi vers cette époque qu'il connut Barthélemy et qu'il composa avec lui contre M. de Villèle le poëme de la *Villé-*

liade. On sait le succès qu'obtint cette attaque vive et spirituelle. Plusieurs éditions du poëme furent vendues en quelques jours.

Je n'ai rien à dire de nouveau des autres pamphlets politiques qu'il fit paraître contre le gouvernement de la Restauration.

Lorsqu'éclata la Révolution de 1830, Méry avait déjà conquis une petite part de célébrité. Il figurait dans ce groupe d'hommes éminents qui opérèrent le grand mouvement littéraire de cette époque. Il était lié avec MM. Sainte-Beuve, Alexandre Dumas, Lamartine, Victor Hugo, Alfred de Vigny, Alfred de Musset, de Balzac, Henri Heine, Frédéric Soulié, Léon Gozlan, Eugène Sue, Arsène Houssaye, Mérimée, Alphonse Karr, Armand Carrel et Stendhal.

Quelques années plus tard, il entrait en relations d'amitié avec M. Emile de Girardin, Madame Delphine de Girardin, MM. Théophile Gauthier et Gérard de Nerval.

Depuis ce moment jusqu'à sa mort, dont les lettres porteront longtemps le deuil, Méry habita toujours Paris, et pendant cette période écrivit les livres charmants que je vais énumérer. Ceux qui l'ont connu seront étonnés en voyant quelle énorme tâche sut accomplir l'esprit original qui à tout propos se proclamait très-enclin à la paresse.

III

Je demande pardon au lecteur de si peu respecter la marche chronologique dans cette notice sur Méry. Je groupe mes souvenirs à mesure qu'ils surgissent dans ma mémoire, et j'essaie, en les rassemblant, d'en faire sortir la silhouette exacte et ressemblante d'un des plus vifs esprits de notre temps.

Tout d'abord je mentionnerai le beau

poëme du *Fils de l'Homme,* qu'il composa en collaboration avec Barthélemy.

Voici au hasard, copiés dans les catalogues des divers éditeurs qui ont publié des livres de Méry, les titres de ses œuvres :

La Floride, la Guerre du Nizam, Hévà, Un Mariage de Paris, le Bonnet vert, la Comtesse Hortensia, Un Amour dans l'Avenir, le Dernier Fantôme, les Deux Amazones, la Juive au Vatican, Saint-Pierre de Rome, le Transporté, Un Carnaval de Paris, Un Couple affreux, les Amours des Bords du Rhin, Un Crime inconnu, les Journées de Titus, Monsieur Auguste, les Mystères d'un château, les Nuits anglaises, les Nuits italiennes, les Nuits d'Orient, les Nuits parisiennes, les Nuits espagnoles, le Paradis Terrestre, Trafalgar, les Uns et les autres, Ursule, Le Damné de l'Australie, La Vénus d'Arles, La Vie fantastique, Marseille et les Marseillais, etc., etc. A cette énumération incomplète, il faut ajouter ses poésies diverses et ses pièces de théâtre, qui comprennent des drames, des comédies, des proverbes et des opéras. Je citerai la comédie en vers des *Deux Frontins*, qu'il composa avec son spirituel ami M. Siraudin.

Il importe aussi de mentionner les innombrables articles de critique que Méry a écrits dans les journaux de Paris, et les revues qui se sont toujours disputé sa collaboration.

Quand on fondait un journal, le directeur s'empressait de demander un article à Méry. Son concours portait bonheur à l'entreprise.

Si on réunissait en volumes toutes ces productions éparses que Méry, pendant toute sa vie, sema en prodigue, on retrouverait là une œuvre considérable qu'il faudrait arracher à l'oubli, et offrir à la curiosité de ceux encore très-nombreux qui font de la lecture le plus agréable passe-temps.

Ainsi que je l'ai dit, Méry habita presque toujours Paris, qu'il ne quitta que pour aller voyager en Italie, en Espagne, en Allemagne, en Angleterre et en Hollande. Mais une fois son excursion terminée, c'était avec joie qu'il rentrait dans la grande ville, où il retrouvait ce milieu intelligent et fiévreux dans lequel seul pouvait vivre et se développer sa vive imagination.

Les œuvres qu'il a laissées sont là pour donner à ceux qui le liront une idée de cette magnifique organisation, mais ces œuvres ne révèlent que l'écrivain et le penseur. Il importe, à côté de cette supériorité déjà assez grande, d'ajouter celle que Méry s'était acquise comme causeur.

IV

Il fut, cela ne sera contesté par personne, le causeur le plus éblouissant, le plus aimable et le plus spirituel qu'on pût imaginer. Les mots, les traits d'esprit, les reparties imprévues s'entrecroisaient incessamment sur ses lèvres. Sa verve était intarissable. Il possédait au suprême degré le don de l'improvisation, faculté admirable qui en lui avait pour auxiliaire l'érudition la plus vaste et la plus sûre.

La mémoire de Méry tenait du prodige. Il avait passé quinze ans de sa jeunesse, après sa sortie des écoles, à lire tous les livres accumulés dans les bibliothèques. Il savait presque par cœur tous les ouvrages classiques. Il connaissait les auteurs grecs latins, anglais, allemands, italiens et espagnols aussi bien que les auteurs français. Il récitait à volonté les discours de Cicéron, les annales de Tacite, les vers de Virgile, d'Horace, d'Ovide et d'Homère. Puis, si on le désirait, il citait de mémoire les psaumes de la Bible, les Pères de l'Eglise, la *Grande Somme* de saint Thomas d'Aquin, les chapitres de l'*Astrée*, en un mot tout ce qu'on pouvait avoir lu. Quant aux auteurs du grand siècle, c'était un jeu pour lui d'exalter leurs beautés, et aussi quelquefois d'exposer leurs faiblesses.

Méry savait jouer d'une façon prodigieuse avec la puissance de sa mémoire, et pour prouver les tours de force qu'il pouvait lui demander, il avait imaginé certains exercices qui, pour tout autre que lui, eussent été des casse-têtes. Ainsi, non content de savoir les textes, il avait voulu les apprendre à l'envers. Il récitait de la sorte, et sans se tromper, les prières dites à la Messe, des vers de l'Enéide, des grandes tirades de la comédie du *Misanthrope*, ainsi que des scènes entières des tragédies de Racine, de Corneille et de Voltaire.

Son érudition curieuse et vagabonde avait franchi des limites que certains lettrés eux-mêmes ne soupçonnaient pas. Pendant les longues heures passées dans les bibliothèques, Méry, aidé par les catalogues, était allé chercher, sous l'épaisse couche de poussière qui les recouvrait, les livres les plus inconnus. Pour lui, Aulu-Gelle et Scaliger étaient trop populaires. Il lui fallait des traités, des récits, des documents absolument ignorés.

Il était heureux lorsque, dans ses ténébreuses explorations, il parvenait à découvrir un manuscrit oublié qui n'avait jamais été lu par personne; alors il le dévorait avec curiosité, et en retenait des fragments inutiles, qui plus tard lui servaient d'arguments dans les discussions qu'il excellait à soutenir non-seulement sans pédantisme, mais au contraire avec cette forme aimable qu'il savait toujours opposer à ses contradicteurs.

Grâce à sa mémoire et à sa patience, Méry avait dans le cerveau un arsenal redoutable qui lui assurait ces victoires d'esprit qu'il remporta si souvent. Il noyait son contradicteur dans des océans de preuves et d'arguments. Il lui suffisait pour cela d'appeler à son aide ses énumérations.

Je ferai, je l'espère, bien comprendre ce que je veux dire ici par ces énumérations de Méry, en rappelant la soudaineté avec laquelle il pouvait grouper les preuves et les témoignages qui lui donnaient raison. Causait-on de géographie, il citait sans en oublier un, tous les caps, tous les golfes et tous les détroits du globe terrestre. Si on parlait histoire, il énumérait sans hésiter le nom des rois de toutes les dynasties de l'Europe et de l'Asie. Enfin, pour tout dire, il savait par cœur l'*Apocalypse* de saint Jean.

J'ai dit qu'il avait l'érudition aimable, et j'insiste sur cette qualité parce qu'elle est très-rare. Méry, quand il accomplissait de telles prouesses, n'en tirait aucun orgueil, il semblait s'excuser, et, si on avait quelque peu insisté, il aurait reconnu, avec sa politesse et sa bonhomie habituelles, que c'était lui qui avait tort de savoir toutes ces choses-là.

En matières littéraires, il était d'un éclectisme absolu. Il admirait Sophocle autant que Shakespeare, et s'inclinait avec le même respect devant *Athalie* que devant *Hernani*.

Il fallait l'entendre parler de Boileau. Il ne tarissait pas d'éloges sur les beaux vers que sut écrire l'auteur du *Lutrin*, et il se plaisait à redire ces beaux vers ; mais quand du *Lutrin* et de l'*Art poétique* il passait à l'ode sur *la Prise de Namur*, il changeait d'avis et lançait quelques critiques fort sensées contre « le législateur du Parnasse, » auquel il ne pardonna jamais cette froide et insipide amplification.

Hélas ! il ne sera point possible de jamais retrouver les sorties brillantes auxquelles se livra Méry contre l'ode sur *la Prise de Namur* et contre la *Henriade*. C'est vraiment regrettable, car dans ces sorties Méry n'avait pas la puérilité de se laisser aller au paradoxe, et ne recherchait pas cette sorte de succès facile que cet exercice assure presque toujours à celui qui y a recours. Il plaidait au contraire la cause du goût et du bon sens, et il n'y avait dans ses critiques éloquentes et incisives ni envie, ni dénigrement, ni parti pris.

V

Un examen complet de ses œuvres littéraires exigerait de longs développements qui ne peuvent trouver leur place dans cette courte et rapide biographie. Méry fut un véritable écrivain, qui dans ses ouvrages respecta toujours la forme. En lui l'exubérance de l'imagination, la violence des images n'altérèrent jamais la langue. Il écrivit avec une pureté irréprochable. Quand il était aux prises avec un sujet difficile, ou quand il abordait une subtilité, il savait trouver les biais les plus ingénieux pour arriver à son but et dire tout ce qu'il voulait sans blesser ni froisser ceux qu'il ne parvenait pas à convaincre. Il excellait à peindre l'invraisemblable sans pour cela trahir la cause du vrai. Mais quand il cédait à cette fantaisie, il le faisait avec une grâce, une légèreté et une délicatesse de touche vraiment incomparables.

Lorsqu'il publia *la Guerre du Nizam*, ses belles descriptions de l'Orient frappèrent tous les esprits; on était convaincu qu'il était allé visiter l'Inde, Java et tous ces parages enflammés. Il n'en était rien. C'était au coin de son feu qu'il avait écrit et composé ces pages éclatantes et colorées. Il avait d'ailleurs, en matière de voyages, une théorie particulière.

Il divisait les voyages en deux catégories bien distinctes : les voyages accomplis et les voyages rêvés. Selon lui, la réalité qui s'offrait aux grands navigateurs ne pouvait valoir les rêves merveilleux qui traversaient le cerveau de ces prétendus paresseux, couchés sur des tapis. Méry, pour fortifier son opinion, appelait à son aide des témoignages irrécusables. Il avait coutume de dire que le capitaine Cook, dans ses grandes navigations, n'avait jamais rien vu de comparable à ce que Voltaire nous avait fait entrevoir dans ce *Voyage de Micromégas*, qu'il écrivit sans quitter ses pantoufles et sans courir le moindre danger.

On ne saurait reprocher ce paradoxe à celui qui sut écrire dans de telles conditions *la Guerre du Nizam* et *la Floride*.

Sa prodigieuse imagination donnait à son talent la fécondité et la diversité. Quelque sujet que Méry abordât, il le traitait comme un maître qui l'avait longuement médité. Il glissait sur toute chose avec grâce, et avait horreur du pédantisme et du didactisme.

Toutes ses œuvres, sans exception, se distinguent aussi par une réserve presque poussée jusqu'à la chasteté. En effet, on pourrait, sans inconvénient, laisser lire tous ses livres à une jeune fille. Elle ne trouverait aucun passage capable de la pervertir ou de la faire rougir. Il faut savoir gré à Méry de cette rigueur qu'il sut toujours s'imposer, sans pour cela ôter le moindre intérêt à ses péripéties, ni affadir le caractère et les passions de ses héros.

Il faut espérer qu'on préparera une édition complète des œuvres de Méry. De cette façon, on pourra relire certaines histoires un peu trop oubliées, qui sont de véritables chefs-d'œuvre. Je citerai une petite nouvelle, qui a pour titre : *Un Couple affreux*. Il est impossible d'imaginer quoi que ce soit de plus comique, de plus original et de plus imprévu. La nouvelle est écrite avec un esprit qui déborde de la première page à la dernière. En la parcourant, on est pris d'un fou rire comme à la lecture d'un roman de Paul de Kock. Cette nouvelle d'*un*

Couple affreux a été malheureusement enfouie dans une édition partielle de ses OEuvres, tirée à un très-petit nombre d'exemplaires, et soustraite, par cette raison, à la curiosité des lecteurs.

Je ne dirai rien de la *Vénus d'Arles*, qui fut certainement un des livres les plus lus de notre époque. Méry, dans ce récit, prouve l'art exquis avec lequel il savait grouper les péripéties, et conduire son lecteur à travers d'interminables surprises.

Le roman de la *Juive au Vatican* fit grand bruit en 1850, lors de son apparition. Il fut publié en feuilleton dans le journal *l'Ordre*, et annoncé longtemps à l'avance. Le titre irrita M Louis Veuillot, alors rédacteur en chef du journal *l'Univers*. Encouragé par son grand talent, et cédant aussi un peu au côté agressif de son tempérament littéraire, M. Louis Veuillot, sans connaître l'ouvrage, attaqua Méry avec violence, et ne voulut voir en lui qu'un païen fort inhabile à parler de la papauté. Méry se piqua. La dispute devint très-chaude et donna lieu à un échange d'articles très-caustiques entre ces deux écrivains.

VI

On a conservé cette bouillante dispute dans le cours de laquelle les deux adversaires se lancèrent à la tête les mots les plus durs du dictionnaire. La victoire resta à Méry, parce qu'il avait la raison pour lui. Il triompha, au dire de tous, le jour où le journal *l'Ordre* commença la publication de la *Juive au Vatican*, avec une dédicace en vers latins au pape Pie IX. Méry, par ces vers très-élégants et très-chrétiens, désarma ses adversaires. Il prouvait, par la même occasion, à la cour de Rome, qu'il savait aussi bien qu'elle écrire la langue latine.

On ne pourrait initier le lecteur à sa vie intime, sans revenir sans cesse sur son érudition et sur son imagination. Ces deux auxiliaires lui permirent, pendant toute sa vie, d'accomplir des prouesses qui passeraient pour des tours de force impossibles, si elles n'étaient point attestées par des témoins oculaires. Ce fut surtout dans le salon si élégant et si littéraire de M. et de Mme de Girardin, que Méry fit ses preuves. Il se trouvait là en face de Hugo, de Lamartine, de Balzac, d'Alexandre Dumas, de Théophile Gauthier, de Léon Gozlan, d'Alphonse Karr, de Jules Sandeau, et de beaucoup d'autres hommes remarquables dans les lettres, les arts, les sciences et la politique.

Cette pléiade de beaux esprits avait

coutume de se réunir plusieurs fois par semaine. Or, ce que je veux raconter se passa lors de l'apparition de la *Lucrèce* de Ponsard. Ceux que le romantisme effrayait discernaient dans Ponsard un talent destiné à ramener le public vers les auteurs classiques. Ce nouveau poète n'était pas encore le chef de l'école du bon sens. On n'en était encore qu'à chercher de quelle école il pourrait être le chef.

On vantait beaucoup, surtout aux alentours du théâtre de l'Odéon, les beautés littéraires de *Lucrèce*, et on entrevoyait dans cette œuvre un très-brillant reflet de Racine. Méry, qui aimait la tragédie antique, mais qui ne pouvait supporter la tragédie classique, telle que l'avaient comprise quelquefois Voltaire lui-même, et toujours Crébillon, Campistron et Népomucène Lemercier, ne voulut point partager l'enthousiasme qu'on lui proposait, par cette raison, disait-il, que rien n'était plus facile à faire qu'une tragédie classique.

Pour prouver son assertion, et convaincre tout le monde, il demanda à Mme Émile de Girardin la permission de quitter le salon et de se réfugier dans son cabinet de travail. « Laissez-moi seul, lui dit-il, pendant deux heures, et je m'engage à vous apporter le premier acte d'une *Lucrèce* en vers alexandrins.

Méry s'enferma. Quelque temps après, il rentra dans le salon avec un premier acte de tragédie, qui fut publié dans le journal *la Presse*, le jour de la première représentation de la pièce de M. Ponsard à l'Odéon. Cet acte existe, on peut le juger. Il fut composé en deux heures.

VII

On pourrait d'ailleurs trouver dans la vie de Méry de nombreux exemples de la facilité avec laquelle il improvisait les beaux vers. Si je ne cite pas ce premier acte de tragédie, je donnerai place à la pièce de vers suivante, qu'il improvisa en quelques instants. Je la transcris littéralement.

A SON ALTESSE

MADAME LA PRINCESSE DE MONTFORT.

Ne vous étonnez point si ma facile plume,
Un jour, sur l'Empereur, improvise un volume;
Si, devant cette table accouru pour m'asseoir,
Je commence au matin pour le finir le soir.
Il faudrait qu'un poëte eût une âme de glace
Pour demeurer stérile, assis à cette place,
Dans ce palais magique, où le plus grand des noms
Déroule devant nous ses merveilleux chaînons.
Où sur des fronts si beaux incessamment respire
Le cachet triomphal des grands jours de l'Empire,
Où l'on croit que le bras d'un magique destin
A mis le Carrousel au palais Florentin.
Française par le cœur, par l'esprit et la grâce,
Princesse, vous voulez que ma main vous retrace
Quelque grand souvenir de nos beaux jours éteints,
Un de ces vieux exploits, fils des pays lointains :
Si déjà votre album sur l'autre feuille étale
La plaine de Memphis, la page orientale
Où le grand capitaine, à cheval dans le feu,
Est peint par le crayon d'un illustre neveu,
Souffrez qu'à ses côtés ma plume de poëte

Trace encore une fois cette héroïque fête,
Où devant le héros les mamelucks ont fui
Au pied des monuments, colosses comme lui;
Parler d'une bataille où Napoléon brille,
C'est vous offrir, Madame, un tableau de famille.

. . . .

. . . .

Voyez-les, ces enfants des déserts inconnus,
Arabes du Sennar, Africains demi-nus,
Nomades habitants des oasis numides,
Voyez-les éperdus au pied des Pyramides!
Le souffle du héros les a tous dispersés.
Devant son ombre seule ils se sont éclipsés;
Pour les sauver du feu leurs cavales sont lentes;
Le désert a fermé ses retraites brûlantes,
Le Nil les engloutit sous ses mille roseaux
Et les porte à la mer dans ses sanglantes eaux.
Le sphinx monumental, témoin de la bataille,
Semble se relever de son immense taille,
Et prêter une flamme à ses yeux de granit
Pour voir l'homme puissant et le jour qui finit.
Salut, noble drapeau, déployé dans l'espace,
Ondoyant dans les mains du soldat qui l'embrasse!
Le tombeau de Memphis, ton digne piédestal,
Te livre avec orgueil au vent oriental,
Et l'armée, à genoux, de respect te contemple,
Comme si tu brillais sur le dôme d'un temple,
Beau drapeau qui, roulant tes replis gracieux,
De gradins en gradins sembles monter aux cieux!

C

VIII

Il y a des auteurs qui ne peuvent composer que dans leur cabinet, au milieu de livres entr'ouverts. Méry ne travaillait pas ainsi. Il n'avait ni bibliothèque, ni cabinet de travail. Il composait partout, en voyage, dans les hôtels, à la campagne, chez ses amis, à Paris, dans les imprimeries. Il s'enfermait avec une plume et du papier, et il rendait un article ou un livre. Il citait de mémoire, et sans jamais se tromper. Il traitait en même temps les matières les plus diverses et les plus opposées, et il lui suffisait d'une minute pour s'abstraire, pour s'identifier à son sujet, et repousser tout ce qui y était étranger. Il travaillait très-rapidement, ne cherchait jamais, et écrivait sans rayer un seul mot.

Il y avait certains livres qu'il relisait sans cesse. En tête de cette liste il faut placer les *Géorgiques* de Virgile, qu'il intitulait : *Opus aureum*. Il fallait l'entendre réciter l'*Épisode d'Aristée*, la *Mort de César*. Méry, en proie au plus vif enthousiasme, se montait et s'échauffait graduellement. Le tout se terminait par une sortie brillante sur Virgile.

Il aimait aussi beaucoup saint Paul, et reprochait au programme de l'Université d'avoir trop laissé de côte ce bouillant apôtre des Gentils, qu'il préférait à Cicéron.

Nul plus que Méry ne possédait le don

de convaincre. Quand il manifestait son enthousiasme pour quelqu'un ou pour quelque chose, il était irrésistible, et savait, selon la nature de son interlocuteur, trouver le genre d'arguments et de témoignages capables de le toucher. Il triomphait sans emportement et sans violence. Son animation, son ardeur ne fatiguaient jamais son adversaire. Il le frappait avec des roses.

Méry excellait aussi à entrevoir des mondes dans une goutte d'eau. Une phrase dans un livre, une certaine note dans une partition motivait en lui des rêveries sans fin, des séries de réflexions toutes plus originales les unes que les autres. Il parla pendant plus de vingt ans du *Barbier* de Rossini sans jamais se répéter. Chaque note de cette partition célèbre avait une légende qu'il variait sans cesse. Les artistes eux-mêmes qui avaient chanté cent fois cet opéra l'écoutaient avec profit. Il leur enseignait certains effets qu'ils n'avaient pas su trouver.

Il faut lire les feuilletons sur le théâtre

qu'il publia dans divers journaux de Paris pour bien apprécier le côté critique de son esprit. Bien que toujours aimable et bienveillant, nul ne voyait plus clair que lui dans l'examen d'une œuvre sérieuse. Il savait faire sans hésiter la part des qualités et celle des défauts. Il avait une invincible aversion pour la vulgarité, était impitoyable pour tout ce qui s'écartait du bon goût. Un esprit qui, comme le sien, avait présentes à la mémoire les belles conceptions qui font honneur à l'esprit humain, ne pouvait procéder autrement. Il va sans dire que Méry n'assumait cette attitude que quand il s'agissait de juger une œuvre sérieuse, et qu'il la laissait de côté alors qu'il lui fallait donner son avis sur une farce inoffensive et sans prétention.

IX

Il était même très-disposé par nature à saisir le côté espiègle et gai des productions de l'esprit; et précisément par cette raison qu'il aimait les belles choses et qu'il les avait longuement méditées, il ne dédaignait point parfois de badiner et de rire aux dépens de certains produits littéraires inférieurs à leur réputation, et de leur manquer de respect.

Quand il avait le spleen, ce qui lui arrivait quelquefois, Méry avait recours à un remède infaillible. Il relisait les poëmes didactiques composés vers les premières années de notre siècle. Le poëme de la *Conversation*, de la *Navigation*, et tant d'autres *ejusdem farinæ*, le plongeaient dans une profonde hilarité. Cette versification lourde et pénible dissipait sa migraine. Il applaudissait d'ailleurs à ces versificateurs, qui, selon lui, avaient provoqué une réaction et suscité, c'est le mot, Lamartine, Hugo, de Musset, c'est-à-dire ces maîtres de la poésie méditative. Il prétendait que sans cette régénération on n'aurait plus connu que la forme didactique, et qu'on aurait chanté en vers alexandrins *la règle de trois*. L'excès du terre-à-terre fit remonter l'esprit dans les nuages, et nous valut cette admirable renaissance poétique qui s'opéra en France, avant et après 1830.

La lecture des scenarios d'opéras comiques était aussi une de ses plus grandes distractions. Méry récitait de mémoire les chœurs, les duos et les couplets des pièces les plus en vogue. Il fallait l'entendre dire les tirades de la *Dame blanche*, et surtout de *Joconde*, le coureur d'aventures. Il avait découvert dans ces œuvres dramatiques des énormités que la musique ne laisse pas entrevoir, mais qui, séparées de la partition, deviennent tout à fait renversantes. *Joconde* surtout le mettait en belle humeur. Méry se drapait dans son paletot, et ébouriffait ses cheveux pour ressembler à ce séducteur infatigable.

Il n'éprouvait pas une moindre joie à relire les mélodrames de Victor Ducange et de Pixérécourt. *La Vallée du Torrent*, ou, si on le préfère, *le Torrent de la Vallée*, lui valut des heures délicieuses; on retrouverait les traces de sa spirituelle hilarité dans certains feuilletons de critique théâtrale qu'il fit paraître dans le journal *le Pays* vers 1857. Il est impossible d'imaginer quoi que ce soit de plus amusant et de plus désopilant que ce que Méry écrivit sur un acteur autrefois célèbre aux théâtres du boulevard, dont l'emploi consistait à faire le traître dans les mélodrames. Il était la terreur de la foule, qui, le voyant s'identifier si bien aux scélérats qu'il représentait chaque soir, ne discernait en lui qu'un paria n'ayant pas commerce avec ses semblables, et forcé de vivre seul. Méry, qui avait connu cet artiste aux mœurs douces et paisibles, opposait son portrait réel et fidèle à sa fausse réputation. Ces pages, oubliées, mériteraient de figurer dans ses œuvres complètes, tant elles sont remplies de finesse et de vraie et saine gaieté. Mais, hélas! je formule un souhait impossible. Méry fut si fécond, et sema son esprit à tant de places, qu'il serait impossible, même à l'ami le plus dévoué et le plus soucieux de sa réputation et de sa mémoire, de rassembler toutes les paillettes sorties de son cerveau.

X

Il fut pendant longtemps un habitué très-assidu de l'Opéra et de la Comédie-Française, et connaissait sur le bout de son doigt tous les secrets de ces deux maisons dramatiques. Il fallait l'entendre parler des artistes célèbres qui avaient brillé sur ces deux scènes. Il fallait l'entendre surtout s'exprimer sur ce que dans la maison de Molière on appelle les *traditions*. Méry indiquait de quelles façons différentes les comédiens avaient coutume de dire tel vers dans une tragédie et dans une comédie. Au besoin, il imitait l'intonation de la voix et le geste de l'artiste. Il était superbe quand il rappelait la façon dont Talma, dans certaines tirades, faisait trembler sa jambe gauche absolument comme celles de ces laquais qui se tiennent debout sur le siége agité d'un carrosse.

C'est Méry qui, après avoir entendu cinquante ou soixante fois l'opéra de *Robert le Diable*, avait remarqué que le chevalier Robert arrivait en Sicile, à minuit, sur une montagne, et sans chapeau.

Toutes ces espiégleries charmantes, qu'il commettait alors qu'il ne travaillait pas, se conciliaient parfaitement avec sa bienveillance, et je dirai son indulgence pour tous ceux qui écrivaient. Il n'avait jamais à la bouche que des paroles encourageantes pour les jeunes auteurs qui lui offraient leurs œuvres. Si je rapporte tous ces petits détails, c'est parce que, ainsi que je l'ai dit, je tiens surtout à faire connaître Méry tel qu'il était dans l'intimité.

Les salons de Paris l'attiraient tous à l'envi, parce que c'était une fête pour l'esprit de l'entendre causer. Il inventait tout ce qu'il disait, et n'empruntait pas, comme tant d'autres, ses histoires à des répertoires oubliés. On retrouverait la matière de plusieurs volumes, si on avait la patience de rassembler les vers et les réflexions qu'il écrivit sur les éventails et les albums qu'on lui apportait de tous les côtés. Quand Méry était très-pressé par les directeurs de journaux et par ses éditeurs, les albums s'amoncelaient dans son antichambre au point de devenir encombrants. Alors il faisait un effort sur lui-même, il donnait l'assaut à ce rempart, et en quelques instants il saupoudrait ces feuilles de papier des paillettes de sa verve et de son esprit. Il a même écrit quelque part sur le supplice de l'album une fugue dans laquelle il permit à son aimable colère de se soulager un peu.

M. Alexandre Dumas, qui fut son ami intime, dit de Méry dans ses Mémoires :

« Il sait tout, ou à peu près tout ce qu'on peut savoir ; il connaît la Grèce comme Platon, Rome comme Vitruve ; il parle latin comme Cicéron, italien comme Dante, anglais comme lord Palmerston.

« L'homme le plus spirituel a ses bons et ses mauvais jours, ses lourdeurs et ses allégeances de cerveau. Méry n'est jamais fatigué, Méry n'est jamais à sec. Quand par hasard il ne parle pas, ce n'est point qu'il se repose, c'est tout simplement qu'il écoute ; ce n'est point qu'il soit fatigué, c'est qu'il se tait. Voulez-vous que Méry parle? approchez la flamme de la mèche et mettez le feu à Méry. Méry partira. Laissez-le aller, ne l'arrêtez plus ; et que la conversation soit à la morale, à la politique, aux voyages ; qu'il soit question de Socrate ou de M. Cousin, d'Homère ou de M. Viennet, d'Hérodote ou de M. Cottu, vous aurez la plus merveilleuse improvisation que vous ayez jamais entendue.

« Il est savant comme l'était Nodier; il est poëte comme nous tous ensemble; il est paresseux comme Figaro, et spirituel.... comme Méry. »

Ces quelques lignes esquissent parfaitement cet esprit intarissable.

Il importe de dire un mot des longues conversations qu'à diverses époques de sa vie Méry eut avec Balzac. On sait avec quelle ardeur ce dernier travaillait à cette œuvre gigantesque et prodigieuse qu'on a si bien appelée la Comédie humaine. Perdu dans ses découvertes et ses inventions, Balzac en était arrivé à ne plus voir la société réelle qui s'agitait autour de lui, et à ne plus admettre que le monde imaginaire à la création duquel il travaillait sans relâche.

Lorsque Balzac causait avec le premier venu, il ne pouvait se faire comprendre, par la raison que cet interlocuteur manquait souvent de la dose d'imagination qu'il fallait posséder pour le suivre au milieu de ses suppositions et de ses déductions. Méry entre tous le comprenait, le devinait et le devançait souvent dans ses grands rêves. Il en était ainsi, parce qu'il était intime avec les personnages et les types sortis du cerveau de Balzac. Ces silhouettes, vagues et légendaires pour le commun des martyrs, étaient pour Méry autant de personnalités très-accusées et très-réelles, qu'il rencontrait, disait-il, souvent sur les boulevards. Balzac était ravi de pouvoir causer ainsi des enfants de son esprit.

Tout ce cortége de militaires, de médecins, de receveurs généraux, de banquiers et d'inventeurs qui agissent et parlent si bien dans la Comédie humaine, et qui diffèrent un peu de ceux que nous rencontrons dans le monde, tout ce cortége, Méry le connaissait; et quand il rencontrait Balzac, tout aussitôt la discussion s'engageait sur le compte de ces personnages. On causait de leur avenir et de l'attitude qu'on devait leur assigner dans les diverses situations de leurs incarnations futures.

En écoutant ces deux bavards éloquents, on les eût confondus avec deux pères de famille, ou deux législateurs méditant sur l'avenir d'une société confiée à leur sagesse.

Pendant des heures entières, ils se préoccupaient du père Goriot, de l'illustre Godissart, ou d'Armand de Montrivaux. J'espère bien, disait Méry, que le père Goriot ne se démentira pas, et que nulle défaillance ne viendra modifier sa physionomie. Balzac protestait de sa fermeté, et rassurait Méry sur la parfaite logique qu'observerait cette ombre.

Il fallait les entendre surtout parler de Mercadet et de Vautrin. Dans ces occasions-là, la discussion se passionnait. Balzac gesticulait, Méry trépignait, et après l'échange d'observations formulées en ter-

es très-vifs, Méry conjurait Balzac de ne
int sacrifier à ce qu'on appelait un dé-
uement cuit à point. « Ne montrez pas
x hommes ce qu'ils sont, disait Méry,
liquez-leur ce qu'ils doivent être. » Alors
ılzac, allant plus loin encore, s'écriait :
Pour faire de grandes œuvres, il faut
rdre de vue les mœurs et ne compter
'avec les passions. »

XI

Méry et Balzac avaient des façons très-originales de se rencontrer. Ce que je vais raconter se passait vers 1847; je puis garantir la parfaite exactitude de mon récit.

Tous les deux ne tenaient aucun compte de la division du jour et de la nuit. Ils ne connaissaient que le temps. S'ils dormaient pendant le jour, par contre ils mangeaient, travaillaient et se promenaient pendant la nuit.

Vers l'été de 1847, Méry allait très-souvent jouer aux échecs, et un peu aussi au baccarat, dans un cercle situé boulevard des Italiens. Quand il sortait, l'Aurore aux doigts de rose avait ouvert déjà les portes de l'orient. Il s'en allait, drapé dans son paletot. Un matin, devant le passage de l'Opéra, il rencontra Balzac sur le trottoir encore désert. La conversation s'engagea. Ils causèrent longtemps et se quittèrent vers cinq heures.

Le lendemain, à la même heure, Méry rencontra encore Balzac au même endroit. Il portait une redingote longue à revers de velours noir et un pantalon à pied en flanelle bleue. Les deux amis causèrent encore jusqu'à cinq heures du matin.

Ces rencontres se répétèrent pendant quinze jours, sans que l'idée vînt à l'un ou à l'autre de se demander pourquoi ils se retrouvaient ainsi à la même place; mais, à la quinzième rencontre, Balzac dit à Méry : « A partir de demain, si vous voulez me rencontrer, arrivez plus tôt, car je serai rentré chez moi avant le premier coup de cinq heures.

Méry tint compte de cette observation; il quitta le jeu un peu plus tôt et retrouva Balzac vers quatre heures. Ils causèrent du *père Goriot* et de *la vieille fille*. Balzac fouillait souvent dans sa poche, non pour prendre sa montre, mais pour en tirer un calendrier. Il le montra à Méry. « Voulez-vous savoir, lui dit-il, pourquoi je suis forcé d'être rentré et caché à cinq heures?

—Pourquoi? fit Méry.

—C'est parce que, dit Balzac, ainsi que me l'indique ce calendrier, le soleil se lève à cinq heures; or, à partir de ce moment-là, je ne suis plus libre, et je pourrais être appréhendé par messieurs les gardes du commerce. Voici pourquoi, depuis quinze jours, vous me trouvez en promenade à cette heure matinale. Je bénis cette rigueur, grâce à laquelle j'ai pu passer avec vous des heures délicieuses, et causer avec un esprit qui me comprend de la société idéale que j'espère bien substituer à la société détestable dans laquelle nous sommes condamnés à vivre. »

Méry accompagna Balzac jusqu'au seuil de la maison où ce grand génie allait abriter sa pauvreté.

De retour dans son cabinet, Méry saisit sa plume, et d'un seul trait écrivit un mémoire admirable qui ne fut jamais publié. Dans ce mémoire, qui était un modèle d'éloquence et de logique, il proposait la loi sur la propriété littéraire, et se basait pour en prouver l'irréfutable équité sur les bénéfices considérables que les grandes œuvres de l'esprit ont toujours valus à des parasites. Il y avait dans ce mémoire un passage d'une élévation sublime sur la misère de Cervantès et de Bethoveen. Il arrivait à Balzac, et, avec une clairvoyance de devin, affirmait qu'un jour les œuvres de ce grand esprit rapporteraient autant que les paturages les plus fertiles. Le temps a donné triplement raison à Méry, puisque nous avons une loi sur la propriété littéraire, nous avons prononcé l'abolition de la contrainte par corps, et puisque les innombrables éditions des œuvres de Balzac ont produit un capital considérable.

Ce mémoire, Méry l'a brûlé. Il est allé, avec une foule d'autres productions exquises, grossir le tas de cendres amoncelé dans sa cheminée.

Il va sans dire que, dans ses entretiens avec Balzac, Méry avait discuté ce fameux projet qui consistait à fonder à Paris une vaste maison de commerce dirigée et exploitée par les écrivains les plus populaires. Balzac avait choisi, pour emplacement de ses magasins, la rue de Cléry. La caisse et les comptoirs devaient être occupés par lui Balzac, Madame Sand, MM. Méry, Théophile Gautier, Sandeau, Alphonse Karr, etc., etc.

Balzac, avec cette tenacité qu'il savait mettre au service de toutes les idées sorties de son imagination, soutenait cette thèse que, la littérature étant une Arabie pétrée, les écrivains, sans abandonner les lettres, devaient demander au commerce ce complément d'aisance et de bien-être qu'ils ne pouvaient espérer de leur plume. Méry écoutait ce doux rêveur avec une complaisance exemplaire, mais qui n'allait pas cependant jusqu'à approuver cette exhorbitante tentative. Il attendait que Balzac eût terminé ses périodes. Alors il prenait la parole à son tour, et lui démontrait que les écrivains étaient tous dépourvus des qualités et des vertus qui font réussir dans l'épicerie. Il formulait ses doutes avec une certaine ironie qui mettait quelquefois Balzac en fureur, par la raison que ce rêveur obstiné, toujours dupe de ses propres utopies, voulait fermement mettre son projet à exécution. Il est vraiment regrettable qu'on n'ait pu recueillir les longues conversations échangées entre ces deux originaux. Méry s'évertuant à prouver que Madame Sand ne serait pas à sa place dans un comptoir, et démontrant cette évidence à Balzac, devait être très-amusant.

XII

eut des relations intimes et suivies la plupart des illustrations de son s. Il connut beaucoup Chateaubriand, l n'était pas d'accord avec lui en po-e, il s'entendait parfaitement en ma-littéraire. Il ne manquait jamais de liciter du courage qu'il avait eu de parcourir les pays dont il avait parlé dans ses ouvrages.

M. de Chateaubriand, qui était allé en Palestine avant d'écrire l'*Itinéraire de Paris à Jérusalem*, en Amérique avant de composer *Atala*, et en Espagne avant de publier le *Dernier Abencérage*, demanda un jour à Méry s'il était allé dans l'Inde. Il lui répondit qu'il n'avait jamais franchi les limites de l'Europe, et que c'était au coin de son feu qu'il avait écrit la *Guerre du Nizam*. Cette révélation étonna beaucoup Chateaubriand.

Une fois, dans un salon, devant un auditoire d'élite, Méry critiqua l'auteur du *Génie du Christianisme*, à propos des périphrases indignes de son grand talent auxquelles il lui reprochait d'avoir trop souvent recours pour éviter de nommer les choses par leur nom. Chateaubriand allait se fâcher, mais Méry sut le calmer en récitant, avec un enthousiasme qui en rehaussait encore l'éclat, quelques belles pages empruntées aux *Martyrs*, à *René* et au *Génie du Christianisme*.

Chateaubriand, vaincu et désarmé par la verve aimable de son contradicteur, s'excusa du petit mouvement d'impatience qu'il avait témoigné au début de la conversation.

Dans d'autres occasions, Méry, conversant avec Chateaubriand, laissait de côté ses œuvres pour ne s'occuper que de sa personne et de son caractère. Il fallait tout son tact pour pouvoir aborder un sujet aussi délicat; ainsi, il le lutinait au sujet de sa tristesse. Tout, selon lui, semblait concourir à en faire le plus fortuné des mortels. Méry lui rappelait qu'il était né gentilhomme, qu'il avait des fleurs de lis dans son blason, qu'il était un des plus grands écrivains de son époque, qu'il avait été ambassadeur de France auprès d'une grande puissance, qu'il avait été dans les bonnes grâces des plus belles et des plus grandes dames, qu'il avait dévoré des millions, et que, par tous ces motifs, il ne devait pas être triste. En écoutant cette juste critique, Chateaubriand ne pouvait résister, ses yeux s'illuminaient, et un sourire apparaissait sur ses lèvres austères. Un jour, après une telle sortie, il lui promit de renoncer à la mélancolie; mais Méry ne voulut point le croire sur parole, et alors, poursuivant ses critiques, il lui démontra de la façon la plus charmante que cette tristesse appartenait à l'école littéraire dont lui, M. de Chateaubriand, était la personnification la plus illustre. Vous devez agir et penser, ajouta-t-il, comme les héros de vos livres.

Méry allait quelquefois à l'Abbaye-au-Bois, chez madame Récamier, où il retrouvait M. de Chateaubriand. Dans ce milieu il représentait le présent impétueux encadré dans le passé endormi. Ses saillies aimables, ses attaques courtoises, réveillaient quelquefois ces illustrations engourdies. Il parlait devant elles de la révolution, de la reine Marie-Antoinette, du comte d'Artois, de Robespierre, de Talien, mais de façon à ne jamais irriter les sensitives qui l'écoutaient. C'est alors qu'il donnait carrière à sa formidable mémoire et qu'il prodiguait les anecdotes. On le laissait pérorer tout à son aise, et on était ravi par l'entrain de ce témoin inattendu, qui savait si justement parler des hommes qu'il n'avait pas connus et des choses qu'il n'avait pas vues.

C'est dans ce même salon de l'Abbaye-au-Bois qu'il rencontrait M. de Ballanche.

M. de Ballanche fut toute sa vie préoccupé. Il se figurait que personne en France, excepté ses amis intimes, n'avait lu ses ouvrages. Méry le consolait en lui récitant des passages d'*Antigone*, d'*Orphée*, de *la Vision d'Hebul* et de *l'Homme sans nom*. On ne saurait décrire la joie, la béatitude qui se peignaient sur la physionomie de M. de Ballanche lorsque Méry citait des fragments de ses œuvres.

Le matin, avant de s'en aller à l'Abbaye-au-Bois, M. de Ballanche entrait à Tortoni. Son déjeuner se composait d'une tasse de thé, dans laquelle il trempait des tartines de pain recouvertes de beurre et de fromage. Méry allait très-souvent le rejoindre. Il y a, au rez-de-chaussée de ce café Tortoni, un tout petit salon donnant sur la rue Taitbout, dans lequel se trouvèrent souvent réunis M. de Ballanche, Méry et M. Louis Blanc. Des discussions à perte de vue s'engageaient toujours entre ces trois personnages. M. Louis Blanc n'était jamais d'accord avec M. de Ballanche. Méry intervenait comme médiateur entre le représentant du passé et l'apôtre de l'avenir. Il parvenait d'ailleurs sans grande peine à réconcilier deux adversaires qui s'estimaient et savaient rendre justice à leur mérite et à leur probité politique. Pour apaiser les discussions, Méry appelait à son aide *Antigone*. Il se réfugiait dans les temps héroïques de la Grèce, et mettait en cause Homère et Sophocle. M. de Ballanche ne résistait pas à cette provocation; tout aussitôt il abandonnait la question quelquefois brûlante sur laquelle on se disputait, et d'un seul bond il se retrouvait au milieu des muses, dans le sacré Vallon. Méry lui tenait tête, et alors tous les deux, épris d'une belle ardeur pour cette antiquité qu'ils avaient tant étudiée, oubliaient Paris, Tortoni, la rue Taitbout, les passants, le *Constitutionnel*, le *Journal des Débats*, la chambre des députés, les discours de M. Odilon Barrot, qui florissait beaucoup à cette époque, pour ne se souvenir que des malheurs de Troie, de la peste de Thèbes et des épreuves infligées par le Destin à la maison de Cadmus.

De M. de Châteaubriand et de M. de Ballanche à M. le comte de Marcellus, la distance n'est pas grande. Méry connaissait aussi ce gentilhomme lettré auquel le musée du Louvre doit la Vénus de Milo. Il le rencontrait souvent dans le monde, et tout aussitôt il parlait de la Grèce. M. de Marcellus, on ne sait pourquoi, était en butte aux plaisanteries des petits journaux. On le raillait à propos de son nom, et on lui répétait à tout propos : *Tu Marcellus eris.* La plaisanterie n'était pas très-forte. Méry, qui avait discerné dans ce diplomate une vaste érudition et un grand amour du beau, prenait la défense de M. de Marcellus. En maintes occasions, il rompit de fortes lances pour lui, et fit regretter à de trop téméraires contempteurs de s'être permis de plaisanter un esprit d'élite, qui n'avait en réalité d'autre tort, si c'en est un, que d'être resté trop imbu des préjugés de sa race.

Méry, quoique très-indépendant et très-partisan du progrès, pardonnait volontiers ces petits travers, qui ne sont quelquefois que des gentillesses et des grâces, lorsque ceux qui les affichent sont de taille à les porter. Quand on a doté son pays d'un chef-d'œuvre aussi rare et aussi précieux que la Vénus de Milo, il est bien permis, disait-il, de mettre sa cravate d'une façon prétentieuse, de conserver une coupe particulière pour son habit, et de faire la rêvérence comme on la fait dans le *Misanthrope*.

Il savait toutes sortes d'anecdotes sur les ancêtres de M. de Marcellus, et les racontait d'une façon charmante. Je demande la permission d'en rappeler une pour laquelle Méry avait une prédilection particulière.

Le comte de Marcellus, le père de l'écrivain, avait conservé toutes ses croyances, et, retranché dans son manoir du midi, il se supposait toujours en 1788. Il était fort religieux, et tous les dimanches son chapelain le faisait communier dans la chapelle de son château. Les hosties, selon l'usage ancien, étaient timbrées à ses armes.

Un jour, au moment de dire la messe, on s'aperçut qu'il n'y avait plus d'hosties aux armes du comte. Il fallut en aller chercher une à l'église du village. Lorsque le comte de Marcellus s'agenouilla pour communier, le chapelain, d'un petit air malin, lui dit : Ah! Monsieur le comte, pour aujourd'hui, à la fortune du pot!

Je massacre cette anecdote que Méry racontait avec un esprit et une ironie dont il avait seul le secret. Il l'avait racontée à M. de Marcellus, qui la lui pardonnait.

XIII

Méry fut toujours très-frileux. Il avait recours, pour se préserver du froid, à des précautions qui étonnaient ses fournisseurs. C'est lui qui avait imaginé les pantalons doublés et ouatés. Il adorait le soleil et se dilatait sous ses rayons. Mais aussi, quand l'astre brillant ne brillait pas, il éclatait en imprécations contre lui. Servi par ses connaissances géographiques, il se livrait aux divagations et aux utopies les plus exorbitantes. Il ne cessait de répéter que la civilisation s'était trompée en venant se fixer sous nos froides latitudes, et il lui conseillait d'émigrer vers ces parages chauds et cléments des plateaux de l'Amour en Asie, et vers les oasis dédaignés de l'Afrique.

Il comparait la température de ces paradis oubliés par les hommes avec celle de Paris, où selon lui le cruel vent d'est soufflait pendant neuf mois sur douze, pour crisper les nerfs des malheureux mortels. Quand le thermomètre descendait très-bas, Méry concevait des résolutions terribles. Il aurait volontiers organisé une émigration vers ces espaces qu'il entrevoyait pleins de chaleur et de clarté, et qu'il excellait à peindre encore plus séduisants qu'ils n'étaient en réalité. Mais, vaincu dans ses beaux projets, il se retournait furieux contre le froid, et alors, l'histoire à la main, il essayait de prouver que les principaux actes de la politique n'avaient été que des luttes dirigées contre les rigueurs de notre climat. Selon lui, on n'avait inventé les anciennes perruques du siècle de Louis XIV que pour préserver des rhumes de cerveau le grand roi et sa cour. En remontant le cours de l'histoire de France, Méry avait découvert une foule d'autres résolutions capitales toutes prises pour conjurer le même péril. Ces dissertations amusantes furent reproduites il y a deux ou trois ans par le *Petit Journal*. Elles mériteraient, comme tant d'autres fantaisies, de prendre place dans les œuvres complètes de ce charmant écrivain.

XIV

Méry avait une passion, le jeu. C'était le joueur le plus fantasque et le plus superstitieux qu'on pût imaginer. Il avait étudié ce qu'on appelle les marches et les martingales, c'est-à-dire des systèmes pouvant conduire à un gain certain. Il ne croyait pas à l'infaillibilité de ces moyens, bien que toute sa vie il en ait discuté et expérimenté la valeur aux dépens de sa bourse.

Lorsque les jeux publics, la *Roulette* et le *Trente-et-quarante*, furent abolis à Paris, Méry alla les retrouver en Allemagne, à Ems, à Wiesbaden et à Bade. Pendant près de trente ans, il alla chaque année se mesurer avec le hasard, qu'il avait surnommé le paladin de l'équilibre. Pendant trente ans Méry joua pour la rouge contre la noire. Pendant trente ans il perdit, mais avec l'espoir que le gain de la future année lui rendrait tout l'argent qu'il avait semé dans le passé.

Quand on lui demandait pourquoi il jouait avec tant d'obstination à la rouge, il répondait, avec un accent de sincère conviction, que, d'après des calculs auxquels il s'était livré, la noire était débitrice d'une énorme somme envers la rouge, que le moment approchait où la noire allait s'acquitter, et que c'était pour avoir sa part dans cette restitution qu'il persistait à parier our la rouge. Hélas! le joueur héroïque est mort avant le paiement annoncé.

Les nombreux Français qui vont chaque année passer des heures délicieuses dans cette reine de la Forêt Noire, qui a nom Bade, dans cette villa coquette des rois e des princes, dont on ne pourra jamais dire assez de bien, ont dû voir Méry à la table de jeu, puis l'entendre disserter sur les allures incompréhensibles du hasard. Ce qu'il a dépensé de fantaisie et d'humour avec les passants qui l'abordaient dans ce jardin de la conversation pourrait faire le bagage de dix hommes d'esprit. Quand Méry était battu par les cartes, et qu'il en était arrivé à risquer sa dernière mise, il se consolait en disant qu'il y avait une raison pour que les Français ne pussent point gagner aux jeux de Bade. Voici quelle était sa raison.

Bade est située dans ce Palatinat que Louis XIV saccagea tant de fois par des guerres inutiles. Or, selon lui, les âmes de tous les Allemands massacrés par nos soldats voltigeaient invisibles et courroucées au-dessus des tables de jeux, et faisaient perdre les Français en amenant des rouges lorsqu'ils se mettaient à noire, et des noires lorsqu'ils se mettaient à rouge. Méry ajoutait que la nuit, alors que les jeux étaient fermés, ces phalanges d'âmes se réfugiaient comme des chauve-souris autour du vieux burg qui domine la ville, et attendaient le lendemain pour continuer leurs maléfices.

Dans cette Allemagne où Méry allait chaque année et qu'il connaissait aussi bien que M. de Conty dans ses Guides, il se livrait parfois aux fantaisies les plus étranges. Il a raconté, dans un des premiers numéros du *Monde illustré*, de quelle façon il parvint à découvrir cette fontaine de vie, *fons vitæ*, à laquelle, il y a près de deux mille ans, vinrent se désaltérer les soldats de Varus.

Si je rappelle cet exploit de sa science archéologique, c'est parce qu'il fut accompli dans des conditions tout à fait originales.

En 1857, au mois de juillet, Méry se rendit à Schwalheim, près de Friedberg, dans la Hesse électorale. C'est à lui, sans aucun doute, que l'excellente eau de Schwalheim doit sa réputation.

Ce jour-là Méry, accompagné par quelques excursionnistes de distinction et aidé par des habitants de cette contrée, fit pratiquer des fouilles, et parvint à découvrir les vestiges d'aqueducs romains, prouvant de la façon la plus évidente que du temps de César, de Varus et de Germanicus, on connaissait cette source précieuse que les soldats campés dans ces parages avaient, ainsi que je l'ai dit, surnommée *fons vitæ*.

Si Méry s'était contenté, comme les explorateurs ordinaires, de faire fouiller la terre, je ne parlerais pas, je le répète, de cette découverte, et si j'insiste en la signalant, c'est à cause de la mise en scène organisée par lui pour surprendre et charmer l'assistance d'élite qu'il avait convoquée tout exprès pour la cérémonie.

« Le 3 septembre 1857, dit Méry lui-même, ainsi que je l'ai conté à Rossini, qui le savait d'ailleurs par un rapport antérieur, je fis exécuter l'ouverture de *Guillaume Tell* par un excellent orchestre conduit par le savant maître de chapelle Neumann, et le *Cujus animam gementem* du *Stabat*. Que voulez-vous? J'ai de ces sortes de superstitions. La grande musique porte bonheur.

« Donc, après midi, un cri de joie retentit à dix-huit pieds de profondeur, dans un abîme où se dégageait un fléau asphyxiant d'acide carbonique; l'ouvrier remonta, tenant dans sa main une médaille de Germanicus César. Dire l'émotion des assistants est impossible; une voix prononça cette parole qui mouilla de larmes les yeux des femmes: *Quand cette médaille a été déposée là, Jésus-Christ avait quinze ans*.

« Je m'emparai de la précieuse médaille, et je ne l'ai plus quittée depuis.

« On continua les fouilles, on trouva soixante-quatorze médailles et une foule d'armures d'origine romaine. Ceux qui avaient douté de mes pronostics ne souriaient plus.

« L'électeur régnant arriva à Schwalheim avec son fils. La distribution des médailles se fit alors. Chaque témoin de la fouille reçut son contingent. Je n'emportai, moi, qu'une médaille de Germanicus, décrétée par le Sénat avec le titre de César, ce qui explique la phrase de Tacite : *Igitur Cupido Cœsarem invadit*, la phrase qui commence le plus beau chapitre qu'ait jamais écrit une plume d'historien.

« Après la distribution des médailles et le départ des voyageurs que j'avais convoqués pour assister à cette découverte, le tribunal de Hanau a commencé une procédure contre les auteurs des fouilles et demandé la restitution de tant de trésors dispersés.

« Nous étions en plein hiver et je désirais bien me rendre à Hanau pour assister au procès, au risque d'être poursuivi comme complice, m'estimant heureux de me trouver compromis dans le désastre de Varus, devant un tribunal qui me crierait : *Varus, rends-moi mes légions!* Mais le froid augmenta d'intensité au b rd du Rhin, je me plaignis de mon tempérament qui me retenait au rivage, et je résolus d'attendre le mois de juin. »

Je clos ici ma citation. Dans la suite de ce récit, Méry raconte que le tribunal allemand abandonna le procès, et laissa les médailles trouvées à ceux qui avaient eu la patience d'assister aux fouilles pratiquées d'après ses indications.

Quant à lui, il examina avec soin sa médaille de Germanicus, et grâce aux mots gravés sur la face, il parvint à redresser une erreur capitale des traducteurs de Tacite, qui consistait à dire que le mot *Cæsar* désignait Tibère, tandis que ce titre s'adressait à Germanicus lui-même. Fort de cette découverte, Méry ne ménagea ni les sarcasmes ni les critiques à ces latinistes paresseux qui, dit-il, « logent à perpétuité dans la rue des Francs-Bourgeois et écrivent l'histoire dans le jardin du Luxembourg. »

Si un souverain bien inspiré eût chargé Méry de diriger les fouilles pratiquées à Pompeï et à Herculanum, il eût ainsi exaucé le plus ardent de ses souhaits, la plus impatiente de ses modestes ambitions. Il éprouvait un bonheur extrême à se reporter dans le passé et à exhumer ses plus intimes souvenirs. L'Académie des inscriptions a peut-être beaucoup perdu à ne pas l'appeler dans son sein, il eût déroulé sûrement devant elle les perspectives les plus intéressantes.

Personne ne connaissait les inscriptions célèbres et ne les avait autant commentées que lui. Sur ce point il était de force à se mesurer avec Rousseau lui-même. Soit dit en passant, il n'avait qu'une médiocre estime pour les inscriptions choisies par ses contemporains. Il ne pouvait passer sur la place Vendôme sans bondir à la lecture du latin gravé sur le bronze de la colonne. Ce latin le mettait en fureur, et il avait coutume de dire que les auteurs de cette prose avaient légué à la postérité reculée une énigme incompréhensible.

XV

Méry n'aimait pas que les jeux de hasard. Il aimait aussi beaucoup les échecs, et y était de première force. Il lutta souvent avec de La Bourdonnaie, et écrivit sur la stratégie de l'échiquier, dans le journal *le Palamède*, des articles qui font autorité. Il jouait par correspondance avec des adversaires postés à Londres et à Florence, il conduisait aussi plusieurs parties de front. Quand on lui demandait où il avait puisé sa grande force à ce jeu, il répondait que c'était en suivant sur la carte les marches et les contre-marches des armées de Turenne, de Condé et de Montecuculli.

Les nombres le préoccupaient beaucoup. Il avait lu vingt fois tout ce qui se rapportait à l'astrologie et à la science cabalistique. Il connaissait tous les anagrammes et en avait lui-même trouvé de très-étranges. Le nombre 13 était sa terreur. Quand il écrivait, jamais on ne trouvait le feuillet 13 dans sa copie : après le feuillet 12 il passait au feuillet 14 et il indiquait que c'était la suite du feuillet 12. Il avait demandé à ses éditeurs qu'on procédât de la même façon en imprimant, et que ses livres ne continssent pas de page treizième. On ne put condescendre à ce caprice, qui prouve une fois de plus qu'un sage a eu raison de dire que la nature fait toujours payer ses grands dons par de petites faiblesses.

XVI

Méry avait de grandes prétentions en cuisine, et se disputait souvent à propos d'une sauce ou d'un ragoût avec son ami et son admirateur Alexandre Dumas. Mais ce n'étaient là que des prétextes pour lui de prouver sa facilité et le don merveilleux qu'il possédait de parler et d'écrire sur tous les sujets. — A ce propos, je demande la permission de reproduire la pièce de vers charmante qu'on va lire, qu'il composa sur l'ail. On prétendait que cet ingrédient nuisait au gigot ; Méry, qui n'était pas de cet avis, répondit par la pièce de vers suivante :

Je le sais, l'ail, enfant des Bastides voisines,
N'est pas en bonne odeur dans vos fades cuisines,
Même au Palais-Royal, tout encadré d'arceaux.
Jamais l'ail n'embauma de ses gousses chéries
Dans leur beau restaurant, ouvert aux galeries,
  La trinité des Provençaux..

Vous ne savez donc pas que cette plante est bonne
Entre toutes? Tissot, professeur en Sorbonne,
Ne vous a pas vanté cet admirable don,
Lorsque des vieux Romains disant la grande chère,
Bucoliques aux doigts, il vous explique en chaire
  Les vers du *Pastor Corydon*.

Virgile, homme de goût, a vanté son arome
Dans des vers applaudis par les dames de Rome ;
Et quand il allait voir Auguste au Palatin,
Tythyllis apprêtait l'ail, en gardant ses chèvres,
Et le poëte, en cour, exhalait de ses lèvres
  Le vrai parfum du vers latin.

Tout ce qui porte un nom dans les livres antiques,
Depuis David, ce roi qui faisait des cantiques,

Jusqu'à Napoléon, empereur du Midi,
Tout a dévoré l'ail, cette plante magique,
Qui met la flamme au cœur du héros léthargique,
Quand le froid le tient engourdi.

. . . .

. . . .

Et toi, cher Constantin, dont l'amitié m'excite,
Si je t'écris ici ces quelques vers si vite,
C'est que l'ail dans Marseille a mis son grand bazar,
Que je viens d'en manger pour écrire un volume,
Et qu'au lieu d'encre enfin j'avais pris pour ma plume
L'ail de Virgile et de César.

J'ai, dans le cours de cette rapide étude, exprimé le regret qu'on n'ait pu recueillir tout l'esprit, tout le talent que Méry avait dépensés dans la conversation. J'exprimerai le même regret pour ces mots à effet qu'on se plaît à répéter tant ils sont populaires, et qui sont nés sur les lèvres de notre cher poëte.

C'est Méry qui, entendant dans un cercle un nouvel arrivé annoncer que Baour Lormian était mort, s'écria :

— Comment, encore?

Mais on ne pourrait à présent revendiquer la paternité pour une foule de saillies et de réparties spirituelles, qui, par cette raison qu'elles ont couru partout, ont fait perdre à jamais la trace de leur origine. Méry était d'ailleurs assez riche pour prêter à tout le monde. Il se laissa toujours dépouiller avec une complaisance et une bonhomie bien faites pour encourager les geais qui trouvent toujours fort commode de se parer de la plume des paons.

Il avait tant abusé de ses yeux qu'il faillit perdre la vue. Pendant les deux dernières années de sa vie il ne pouvait lire qu'avec une loupe. Le soir il ne marchait qu'en s'appuyant sur le bras d'un de ses amis.

Il eut dans ses derniers temps, pour compagnon fidèle, M. Vivier le musicien, dont il appréciait beaucoup l'esprit. Il passait de longues heures avec lui, pendant lesquelles M. Vivier le charmait et le faisait rire avec certaines anecdotes qu'il excelle à raconter, et dont quelques-unes ont défrayé bien des chroniques. C'est presque toujours accompagné par lui qu'il se rendait à l'Opéra pendant tout le temps qu'on répéta *Herculanum*.

Et puisque j'ai parlé de l'Opéra, il importe de rappeler les dissertations intéressantes qu'il fit devant les artistes à propos de *Sémiramis* et d'*Herculanum*. Méry se retrouvait là sur son terrain, et pouvait révéler ses vastes connaissances en archéologie. On composerait des volumes avec ce qu'il raconta à propos des décors de l'opéra de *Sémiramis*, dont on alla chercher les modèles au musée assyrien. Il connaissait jusque dans les plus petits détails le résultat des fouilles pratiqués il y a quelques années par M Botta, consul de France à Mossoul, sur l'emplacement de l'ancienne Ninive. Il avait passé des journées entières dans notre musée assyrien à interroger les sphinx et à tirer la barbe bouclée de ces taureaux ailés à face humaine qui sont là autour des tombeaux. La vue de ces reliques l'impressionnait beaucoup.

Son imagination, excitée par ces vestiges d'un monde et d'une civilisation disparus, reconstituait Ninive tout entière. Méry, avec une éloquence vraiment entraînante, évoquait le passé, et parlait de façon à faire croire qu'il avait été le contemporain de la grande Sémiramis. J'ai eu le plaisir d'être le témoin d'un bel élan d'enthousiasme qu'il eut à ce propos. Je n'oublierai jamais la sortie railleuse qu'il fit contre Voltaire qui, dans le conte de la *Princesse de Babylone,* avait, disait-il, parlé de l'Orient sans comprendre et sans même soupçonner ses réelles splendeurs.

XVII

Parmi ceux qui ne cessèrent d'entourer Méry devenu vieux, il faut citer son jeune ami M. Georges Bell, qui en maintes occasions se fit modestement son secrétaire. M. Bell connaît tous les secrets de Méry, et si, comme on doit l'espérer, on prépare une édition complète de ses œuvres, on peut en toute assurance le consulter. Il est à même de fournir tous les détails et toutes les explications qu'on pourrait désirer. Grâce à lui on retrouverait beaucoup de fragments littéraires d'une grande valeur, que par insouciance Méry a perdus dans des publications inconnues.

Méry mourut à peine âgé de 64 ans. Il succomba, après de longues et violentes douleurs, à un abcès dans la tête. C'est ainsi que la mort procéda pour détruire ce cerveau puissant qui n'avait cessé de briller un seul instant. Sa mort fut un deuil général dans les lettres. Tout ce que Paris comptait d'illustrations dans la politique, les arts, les sciences et les lettres, conduisit sa dépouille mortelle à sa dernière demeure. Tous étaient d'accord pour rendre hommage à son talent et à sa bonté, car Méry n'eut aucun ennemi. Il avait au suprême degré la douceur de la force et l'indulgence de la supériorité. Il se distingua surtout par une absence absolue d'ambition. En effet, il n'invoqua jamais les titres incontestables qui auraient pu le conduire aux honneurs. Il préféra rester au milieu de ses nombreux amis, et se conserver aux lettres qu'il illustra.

XVIII

Ses amis, avec une unanimité qui prouve l'estime profonde ainsi que la grande admiration qu'ils avaient pour sa personne et son talent, voulurent tous travailler à son oraison funèbre. Chacun tint à honneur de redire les mérites et les qualités de cette belle intelligence.

M. Théophile Gauthier, qui, ainsi que j'ai

eu l'occasion de le dire dans cette courte notice, fut un des intimes de Méry, et qui pendant plus de trente ans avait vécu près de lui, écrivit à la hâte les lignes suivantes, qu'on ne saurait lire sans être ému. Je suis heureux de donner place ici à cette magnifique page dans laquelle un témoin digne de foi vient, en termes éloquents et sincères, confirmer ce que j'ai dit de Méry, et me prouver que je l'ai bien compris. Je cite textuellement cette belle improvisation :

« Nous venons d'apprendre une bien triste nouvelle : Méry est mort, et on l'enterre demain. Il était malade depuis longtemps ; mais cette fin, quoique prévue, n'en semble pas moins brusque. Ces surprises du trépas vous stupéfient toujours, bien que de nombreux deuils, hélas ! aient dû vous y accoutumer. Cette perte, que tout le monde ressentira douloureusement, nous est plus pénible qu'à tout autre : car nous ne regrettons pas seulement le poëte, nous déplorons l'ami. Nous connaissions Méry depuis trente ans, et nous avions été plus d'une fois son hôte lorsque quelque fantaisie voyageuse nous poussait vers Marseille, en partance pour l'Afrique, l'Italie ou la Grèce. Que de journées bien heureuses passées aux Aygalades, sous le maigre ombrage des tamarins, à écouter cette conversation étincelante à laquelle le chant obstiné des igales servait de basse, entre l'azur du ciel et l'azur de la Méditerranée! Comme, à l'entendre, on oubliait Alger, Athènes, Naples, Constantinople, et comme on remettait le départ de paquebot en paquebot. D'ailleurs, Méry vous racontait tous les pays; il savait l'Inde, et la Chine, et l'Afrique, et l'Asie, et l'Australie, mieux que s'il les avait visitées dans leurs mystérieuses profondeurs. Ce n'était guère la peine de partir. Comme ce temps est loin déjà! — Ces éblouissants feux d'artifice que Méry tirait en plein jour, à tout moment, sont éteints à jamais; car personne n'eut plus d'esprit que ce Marseillais si Parisien, et n'en fut plus prodigue. Il marchait dans la vie avec des perles mal attachées à ses bottes, comme les magnats hongrois dans les bals, et quand elles roulaient sur le plancher, il les laissait ramasser à qui voulait.

« Méry n'est pas tout entier dans son œuvre, quelque remarquable qu'elle soit, et il emporte avec lui la meilleure part de lui-même, peut-être. Les fées semblaient avoir entouré son berceau, et il avait tous les dons. Sa faculté d'improvisation étonnait même les Italiens. C'était de l'instantanéité. La pensée, la parole et la rime jaillissaient en même temps, et quelle rime ! En ce siècle de rimes riches, Méry a été millionnaire. Quand il paraissait dans un salon, les plus brillants causeurs se taisaient. Qui eût voulu parler quand Méry était là ! Quels récits, quelles inventions, quels paradoxes, quelle verve, quel feu ! que de génie jeté au vent et à jamais perdu ! Il aurait fallu le faire suivre par des sténographes quand il arpentait le portique du temple grec qu'habitait madame Émile de Girardin, au temps où nous faisions à quatre le roman par lettres de la *Croix de Berny*. Mais il rentrait au moindre souffle de brise, car il tremblait à notre pâle soleil, ce chaleureux poëte, et il prétendait « que le fond de l'air était toujours froid. » Qui ne l'a vu aux jours caniculaires se promener en évitant l'ombre et couvert d'un épais manteau? Le Méridional ne s'acclimata jamais chez lui aux brumes parisiennes. Du Méridional, par exemple, il avait gardé l'oreille musicale qui manque à plus d'un de nos poëtes; il était dilettante passionné, adorait Rossini et savait par cœur tous les opéras du maëstro depuis *Demetrio e Polibio* jusqu'à *Guillaume Tell*, et il les chantonnait d'une voix merveilleusement juste sans se tromper d'une note. Cette mémoire prodigieuse s'étendait à tout. Méry eût pu citer les vers de tous les poëtes latins. A la faculté littéraire se joignait chez lui la faculté mathématique : il comprenait à première vue tous les jeux et il était de première force aux échecs.

« La vie de Méry se scinde en deux époques bien distinctes, et l'on peut dire de lui qu'il a eu deux gloires et deux renommées. La première n'est pas très-connue de la génération actuelle, et pourtant elle fit grand bruit sous la Restauration. Dès ses débuts, Méry se jeta dans le parti bonapartiste et libéral, et il fit avec Barthélemy *les Sidiennes* et *la Villéliade. La Villéliade*, payée 25,000 fr., se vendit à un nombre prodigieux d'exemplaires, et, l'intérêt politique évanoui, on peut y admirer encore beaucoup de traits piquants, une force de style et une perfection métrique qui ne furent dépassées que par la nouvelle école. *Napoléon en Egypte* marque un moment de répit sous le ministère pacificateur de Martignac ; mais bientôt les satires reprennent de plus belle, et cela dure jusqu'à la révolution de Juillet, à laquelle Méry prit une part active. Il collabora avec Barthélemy à la *Némésis*, une satire en vers qui paraissait chaque semaine, étonnant tour de force poétique qu'on n'a pas oublié et qui ne put se continuer, non pas faute de verve ou de rimes, mais faute de cautionnement. La *Némesis* muselée, Méry s'en alla rejoindre en Italie les exilés de la famille impériale, à qui il fut toujours dévoué.

« La seconde réputation de Méry date de cette trilogie de romans *Heva, la Guerre du Nizam, la Floride*, où les caractères les plus étranges et les plus originaux se meuvent à travers de fantastiques complications d'événements, dans des paysages grandioses, sauvages ou édéniques. Jamais l'Inde ne fut mieux peinte avec ses forêts impénétrables, ses jungles, ses pagodes, ses lacs pleins de crocodiles sacrés, ses brahmes, ses thugs, ses éléphants, ses tigres, ses maharadjahs et ses résidents anglais. Méry avait une force d'intuition qui lui permettait de supposer avec une merveilleuse exactitude la flore et la faune d'un pays qu'il n'avait jamais vu. Des capitaines au long cours qui avaient fait dix fois le voyage de Marseille à Calcutta ont soutenu que l'auteur d'*Heva* avait secrètement visité l'Inde.

« Méry avait aussi abordé le théâtre. Nous nommerons parmi ses pièces les plus remarquables : *l'Univèrs et la maison*, *la Bataille de Toulouse*, *Guzman le Brave*; mais nous ne voulons pas faire dans ces lignes écrites à la hâte le catalogue de son œuvre considérable, éparpillée d'ailleurs à tous les vents de la publicité. Nous jetons, nous survivant d'un groupe déjà bien éclairci, ces phrases d'adieu et de regret sympathique à l'homme bon, aimable et doux qui ne connut jamais l'envie; au causeur spirituel et charmant, au brillant poëte, au romancier plein d'invention et de fantaisie avec qui nous avons passé tant d'heures délicieuses, et dont la mort est le premier chagrin qu'il ait causé à ses amis. »

XIX

Je ne saurais mieux terminer ce travail sur la vie de ce brillant écrivain qu'en reproduisant les discours prononcés sur sa tombe.

M. Paul Féval, comme président de la

Société des gens de Lettres, s'exprima ainsi :

« Messieurs,

« Je viens dire adieu à notre cher Méry au nom de la Société des gens de lettres qu'il aimait bien, et qu'il aima bien longtemps, car il lui resta fidèle jusqu'à la dernière heure de sa vie.

« D'autres vous diront quel poëte éminent la France vient de perdre en lui, quel prosateur élégant et charmant, quel critique fin, délicat, éloquent, érudit : car Méry, sous la légèreté de sa forme, cachait une considérable science. Ses lectures immenses, jointes à son incomparable mémoire, faisaient qu'il savait tout; et tout ce qu'il savait, il l'exprimait avec cette grâce exquise qui était sa nature même.

« Je ne parlerai pas de son œuvre, j'en

parlerais mal, je ne pourrais pas en parler à cette heure de deuil; je dirai seulement ceci : Nous l'aimions tous, de tout notre cœur, et plus encore que nous ne l'admirions. Il était de toutes nos joies. Comment se réjouir sans Méry, l'esprit fait homme, la gaieté incarnée, la bonne humeur toujours courtoise, toujours bienveillante? Mais il était aussi de nos tristesses et de nos travaux.

« Pendant trente ans, Méry, l'homme du succès, l'homme du plaisir, fut un membre assidu et très-actif de ce comité des gens de lettres qui travaille beaucoup, quoi qu'on dise, et qui travaille toujours pour les autres.

« Laissez-moi noter ce fait : Méry est mort en travaillant pour les autres.

« C'est à la suite d'une conférence où il avait parlé, — et avec quel éclat! — en faveur de notre caisse de secours, qu'il contracta cette mortelle maladie qui l'a enlevé à notre admiration et à notre affection.

« On dit que l'écrivain est un soldat. N'est-ce pas là mourir, et bien mourir sur notre vrai champ de bataille?

« J'ai tout dit. Au nom des hommes de lettres, et je ne parle plus seulement ici des membres de la Société des gens de lettres, au nom de tous ceux qui vivent par la pensée, de tous ceux qui tiennent noblement une plume, je salue la tombe de notre poëte.

« Adieu, Méry, cher confrère, maître illustre, ami sincèrement pleuré! »

Après M. Paul Féval, M. Alphonse Royer, au nom de la Société des auteurs dramatiques, prononça les paroles suivantes :

« Messieurs,

» Quelques paroles seulement au nom de la Société des auteurs et compositeurs dramatiques; un juste tribut de regrets à ce poète éminent qui nous quitte, à cet ingénieux esprit, si brillant, si charmant, si universel, qui signa du nom de Méry tant d'ouvrages remarquables appartenant aux genres les plus divers de notre littérature.

» Au milieu de ce travail incessant et complexe auquel il se livrait, travail mené de front avec une ardeur que l'âge ne put jamais refroidir, le poète, le romancier, le journaliste, l'auteur de drames, de comédies et d'opéras, laissaient encore place dans cette merveilleuse organisation au causeur spirituel et profond dont la verve intarissable, dont l'inépuisable science nous a tous plus d'une fois éblouis. Ce que Méry ne savait pas, il le devinait ; il semblait se souvenir d'une existence antérieure. On eut dit qu'il avait vécu sur les rives du Gange ou du Peï-ho quand il peignait un site de la Chine ou de l'Inde. Ses descriptions, lues sur place par nos légations dans l'extrême Orient, ont été reconnues d'une justesse complète. Je tiens le fait du chef de l'une de ces missions.

» Ainsi que Balzac, et en partie pour les mêmes causes, Méry n'a que par intervalles et comme par boutades abordé la forme du théâtre pour émettre et vulgariser ses idées. Un génie aussi indépendant, aussi impatient de toute contrainte dans ses œuvres comme dans sa vie, ne pouvait se soumettre sans rébellion à ce joug des nécessités et des pruderies théâtrales. Il aimait mieux prendre conseil de sa fantaisie que de passer sous le niveau des directeurs et du public. Ce travail de gestation, de condensation, d'épuration, le jetait dans l'épouvante et le faisait fuir... jusque sous les ombrages de Bade. . . . .

» Ceci explique pourquoi ses ouvrages dramatiques sont inférieurs en nombre à ses romans, à ses poèmes, à ses livres de littérature légère où sa plume pouvait courir la bride sur le cou.

» Vous vous souvenez de son premier succès sur la scène de l'Odéon, *l'Univers et la maison*. Il enchâssa ensuite dans la ciselure de ses hexamètres le drame indien du roi Soudraka, *le Chariot d'enfant*, cette perle orientale, la plus vive peut-être de son écrin. Les acclamations d'une jeunesse enthousiaste durent lui faire rêver d'autres triomphes; mais lassé comme toujours par la question des convenances et des appropriations, il retourna avec fureur à ses livres.

» *L'Imagier de Harlem*, drame en cinq

actes, en prose, était une conception de quelque puissance pour laquelle il s'était uni à un esprit aussi fin, aussi original que le sien, à Gérard de Nerval. Il nous raconte lui-même, dans ses *Souvenirs contemporains*, quel fut son désespoir et celui de Gérard, cet autre enfant gâté de la fantaisie, après un succès aussi peu productif. Il y a donc des victoires qui sont des défaites? Il l'apprit.

» Toujours amoureux du théâtre jusqu'au dernier jour de sa vie, mais ne pouvant assujétir sa pensée rêveuse à la forme arrêtée, matérielle pour ainsi dire, que réclame ce genre de composition, le poétique historien de Vazantazéna, la Marion de Lorme indoue, posa ainsi le pied sur la plupart des scènes parisiennes sans jamais s'y arrêter; il traversa successivement, mais à tire d'ailes, l'Odéon, la Comédie-Française, l'Opéra, plusieurs scènes secondaires et jusqu'aux bosquets dramatiques d'Ems et de Bade. Plus tard, trouvant encore là trop d'entraves, il finit par publier deux volumes de comédies de salon, afin de n'avoir de comptes à rendre ni à un directeur, ni à un comédien, ni à un public.

» Tout cela n'empêche pas que le poète de *la Villéliade*, de *la Némésis* et de *Napoléon en Egypte* ne fût capable d'écrire une excellente pièce, morale dans le fond, littéraire dans la forme ; mais il faut l'avouer, comme il l'avouait lui-même, il n'en eut jamais le temps, ou plutôt il n'eut pas la patience de prendre ce temps, qui appartenait tout entier à ses chers livres.

» Disons aussi que ce qui distingue l'essence du talent de Méry, c'est l'improvisation ; c'est là son cachet spécial. Méry était un poëte plus italien ou plus espagnol que français. Il avait l'exubérance de la force méridionale. En dépit des années, la pensée de l'ancien rédacteur du *Phocéen* bouillait sous son crâne comme aux jours où il était l'ami de Rabbe, de Magalon et d'Armand Carrel; il ne pouvait ni la contenir, ni la régler; il avait à peine conscience de ses évolutions, et quand s'arrêtait cette course effrénée, l'œuvre (comme le bronze jeté brûlant dans le moule), l'œuvre était ce qu'elle était.

» Sur une place de Venise ou de Naples, Méry aurait tenu tête à l'improvisateur populaire le mieux inspiré comme au plus érudit des académiciens. Il eût jouté avec Lope de Vega pour rimer dans l'espace de vingt-quatre heures une comédie fameuse en trois actes; et pour remplir le temps demeuré libre, il eût composé encore quelques douzaines de tercets et élagué quelques branches de ses rosiers.

» Vous savez tous, Messieurs, quel homme sûr et dévoué fut Méry. Quelle sympathique nature! On l'aimait sans le vouloir. Obligeant et serviable par dessus tout ; pas de haine et pas d'ennemis ; ni envieux ni jaloux ; prônant les belles œuvres et couvrant les douteuses de son ineffable indulgence ; peu soucieux des hommes et de la fortune qui le lui rendaient bien ; de l'orgueil honnête tout juste ce qu'il en faut à un artiste qui connaît sa valeur, mais bien caché et ne venant jamais à fleur de lèvres.

» Cet homme excellent a fermé les yeux en souriant, comme un voyageur qui sent que le dernier gîte sera le bon. Il s'est endormi dans les bras de ses amis, il s'est réveillé dans le sein de Dieu.

» Après les regrets donnés au nom de notre famille littéraire à l'illustre confrère qu'elle a perdu, permettez à l'un des vieux amis de Méry de lui dire un dernier mot du cœur. Encore un de tombé parmi ces vaillants champions de la génération de 1830 ! Ceux des nôtres qui dorment couchés sous cette terre de deuil sont aujourd'hui plus nombreux que ceux qui la foulent.

» Parmi ces arbres verdoyants, que de tombes aimées s'élèvent autour de nous, toutes mouillées de nos récentes larmes ! Cher Méry ! bien souvent nous avons cheminé ensemble sur cette poussière ; aujourd'hui tu lui appartiens ! Tu sais maintenant le mot suprême de la vie et de la mort, et le pourquoi de toutes choses. Adieu, mon vieil ami, ce n'est pas le front penché sur cette terre que désormais nous devrons te chercher, mais en élevant nos regards vers la sphère lumineuse où ton âme est remontée, pauvre exilée du ciel dont elle s'est toujours souvenue. Adieu, Méry ! au nom de la génération qui s'en va, comme au nom de la génération qui arrive, encore une fois adieu ! Tu seras pour tous un exemple et un maître ! »

Ces paroles ont reçu une approbation

universelle. Je constate cette unanimité. qui est le plus bel hommage qu'on puisse rèndre à une renommée qui ne s'effacera pas de longtemps de la mémoire des hommes.

J'ajouterai en terminant que Méry a son tombeau. Ses cendres reposent abritées sous un monument élevé par ses amis.

Je ne sais quelle épitaphe on placera sur sa tombe. Pourquoi ne choisirait-on pas celle-ci, que Méry improvisa un jour au milieu de ses amis :

Quand je mourrai, que l'on m'enterre
Bien au midi ; — que sur la terre
Où je reposerai, dans la nuit, sans fanal,
Le passant puisse dire en style funéraire :
« Ici gît Méry-dional. »

FIN.

ACHEVÉ D'IMPRIMER

Le 2 janvier 1867

aux frais de la librairie

BACHELIN-DEFLORENNE

PAR

JULES BONAVENTURE.

www.ingramcontent.com/pod-product-compliance
Ingram Content Group UK Ltd.
Pitfield, Milton Keynes, MK11 3LW, UK
UKHW021547260726
13993UKWH00002B/692